詩後（2014−2022）

松本秀文

思潮社

Ⅰ　死後

Ⅱ　紙幣の街

Ⅲ　詩語

Ⅳ　私語

Ⅴ　詩後

装幀　中島浩

詩後

一篇の詩を書いてしまうと世界はそこで終わる

谷川俊太郎「一篇」

I 死後

地上の幽霊

いなくなる日
死後の正午だろうか
蛇口からかつて時間だったものが
滴る音
生きていた時間が貧しくにじんで
ゆっくりと歩いているつもりだが
全く動いてない

死んだ女のことを
死後に思い出して
それってどういうことって
あたしらは何もわからなくて

何も思い出せず
本当にいなくなってしまうのか
本当にいなくなってしまったのか
わからない
い、い、い、い、い、
いなくなるということを
自分に納得させるために
どのようなことばが必要だろうか
いなくなってしまった者が
いなくなってしまった者を
思い出すということができるのか
暗い部屋
「死にたくない」と何度も叫んで
いなくなることを拒み続けていた
そして死んだ
この世から消えた
いなくなる呪いを解けなかったね

しらない
いなくなった後の「痛み」の残存
生きることを随分甘く見ていたな
うつくしかったものの影を追うと
「私」という領域から涙があふれ
あらゆる感覚とことばは消滅する

いなくなる日
死後の正午だろうか
鈴の女が鳴って
「また、死んだのか?」
いない指でいないあなたをなぞる
いないあなたのいない輪郭と息を
いない輪郭と息をいないあなたの
ただそばにいてほしいとねがった
ガタガタと風として虚空で交わる

書物は冬の葉となって枯れてゆき
虚空にて
まるで生きているようにほほえむ
終わらぬ冬を覆すことができたら

いなくなる日
死後の正午だろうか
この世界で
書かれるべき一行は存在しない
いない猫の手記を再現するために
読まれないための手紙を記しては
地上の幽霊
やわらかな皮膚を着て
いない息を吐きながら
いない足で地上を踏み
無色なからだをくねくねと動かし

うようよと複製を繰り返して笑う
いないことをいやらしくまさぐり
「あゝ、肌でしたね」
「えゝ、肌でした」
ここにかつて「いた」と断言する
いない者
絶望の満喫をカフェでおこなって
宇宙の底の膣を濡らしてほほえむ
やさしい旋律《メロディー》

いなくなる日
死後の正午だろうか
光のない
文字でつくられた小屋の二階の奥
「のぞき部屋」に幽霊たちが集う
男と女

臍から紐を取り出して笑いころげ
概念
概念として暗闇の底に消えて
わからないままでただ生きてゆく
「コロッケが食べたいわ」
風に吹かれて死の履歴をたどって
生まれてきたことを思い出したり
愛するために重ねたからだは消え
いない唾液をいない唇が受け取り
死んでることを忘れることもある
あゝ
風の艶やかな肌を丁寧になぞると
「さよなら」の輪郭がキラキラと
「人」の文字を浮かび上がらせる
「あなた、いないのね」
「いないのね、あなた」

性はみじめな文として宝石となる

いなくなる日
死後の正午だろうか
深い河《ディープ・リバー》
死を讃えるようにふるえて
生きてきた時間と死に続ける時間
ぼんやりと
ただなんとなく通り過ぎるだけの
たましいの廊下
男と女
誰にも否定されない場所に立って
自然にまかせて
誰も否定しない
神様も詩もただの「はたらき」と
静かな時の終わりに理解して祈る

うなだれて

いなくなる日
死後の正午だろうか
「さよなら」の輪郭をなでながら
彼女の思い出をなぞる
うすい膜のようなもの
膜と膜が快楽で結びついていた頃
「いる」と「いない」がつなぐ手
宇宙を完全に破壊する計画だった
「さよなら」の輪郭がとまどって
性がゆれる
膜がそよぐ
「まだ、死んでいない？」
「まだ、生きていない？」
男と女

のぞみもないまま死に唇を奪われ
ほら
うしなったものなど何ひとつない
いないものにやさしくなでられて
にごりがこの世の幸福を示す時刻
いないあなたへ
いないあたしを
どうぞ
おたべください

いなくなる日
死後の正午だろうか
私たちはきっと生きていないのに
あゝ
「痛み」だけが残るのはなぜなの
まだ生きているのに生きていない

時間とは何だったか
記憶とは何だったか
誰にも思い出せない
いなくなる日
別れの予感を込めて空白にキスを
今は
昏に深いあしあとを残しておくれ
いない風が吹く
透明なボートが銀河からどこかへ
はみ出して
あの春のこと
まだ覚えている

「くすぐったいね」

思い出すことなど

「そして僕らはみんな演技をする」
「そういうことだと思います。多かれ少なかれ

「僕は生れたくはありません」
芥川龍之介「河童」

何も考えず　暗闇《あなた》を駆け抜け
未練もなく　健全に死んだ後
生きてたことをふと思い出す
色の廃墟《モノクローム》　どうしようもない

かつてぼくらだった　孤独は
冥府の肌のやわらかさの記憶
時間が円環する車に　乗って
うしなわれた者の台詞《voice》を聴く

酒場「死者の奢り」において
苦虫は　地獄製《オルフェウス》の煙草を吸う
亡霊たちの声を　聞きながら
い、い、い、い、
うしなわれたものの話をする

「誰かのことをすべて理解することなんてことが、僕らに果たしてできるんでしょうか？　たとえその人を深く愛しているにせよ」

「友だちはいません」
「どうして？」

「じゃあ、いつかその話をしてあげる。私が胎児だった頃の話を」

「自分以外のものになれると嬉しいですか？」
「また元に戻れるとわかっていればね」

彼女には彼女の　生きる秘密
唇や皮膚で計測できないもの
牢獄《マイカー》の中に閉じ込められた魂
死んだのに死んでいないこと

苦しい感情から離れるために
心地よい運転《ドライブ》　心地よい揺れ
永遠に　ゴドー《いない者》を待ちながら
同じ一日をただ　くり返して

楽屋にて　死んだ眼球を洗い
涙の痕跡を　見せないように
他人の台詞だけに　集中する
同じ場所には決して戻れない

「ヴァーニャ伯父さんは今の時代に生まれなくてまだよかったのかもしれない」

死んだ妻とのセックスは　夢
舞台に立つ俺も　既に死んで
化石の身体《body》　からっぽの世界《love》
終わることと終わらせること

「カセットテープが好きなんだ」

生まれ落ちた不幸を分け合い
運転者《ドライバー》が　俺の盲点を埋める

秘密は秘密のままで眠らせて
言葉よ　さよならさようなら

「でもどれだけ理解し合っているはずの相手であれ、どれだけ愛している相手であれ、他人の心をそっくり覗き込むなんて、それはできない相談です」

雪だけが　あなたを救います
生きていくこと　いつの日か
車は　侵入して通過してゆく《ふたり以外の世界はおそらくミュートする》
冥府のトンネルを抜ける　朝

＊文中、村上春樹「ドライブ・マイ・カー」、「シェエラザード」より引用した。また、映画「ドライブ・マイ・カー」（濱口竜介監督）からも多く参考にした。

腐眠

眠り続けているだけなの
それは儀式なのだろうか
破れた体の底で呼吸して
ただ
生きている私を表現して
橋の上で破れて死んだら
落下する夢の捕虜となる

死者
みんなは世界の外へ出る
憎しみの時間をあたため
あらゆる救済に逆らって
死後
悪に散る童の心の涼しさ
夢の中で友達のふりして
繋いだ手の指を鋏で切る
空白
部屋にて絶望を満喫して
傷もなくただ腐って眠り
いつかは永遠を放棄する

語らぬ猫が語る時

浮世の出口付近
語らぬ猫が語る時
誰も知らない秘密が飛び出す
「おわあ、こんにちは」

猫が猫であること
それだけのこと

遊びをするため

帆船を眺める
肉球のカップル
細めた瞳に世界が上映されて
語られない心が鈴として鳴る

猫が猫であること
それだけのこと
遊びをするため

存在御破算

その日も俺は死んでいた
一切の感情もなく
微塵の陶酔もなく
知性を溶かす湯の中に浮かびながら
懐かしい時代の旋律をふと思い出す
いい湯だな
茹でられて

俺が俺になるような気持ちが恥ずかしくて
大好きな映画のタイトルを蟹と出し合うと
不意にため息
いなくなる途中で
生まれてきてよかったのかまだ迷っている

誰もいなくなった町のたそがれ
駅前のちいさな銭湯「山羊歌《パターソン》」
いい湯だな
大人　五百円
子供　百円
猿　とりあえず無料
愚直、愚直、愚直
「あゝ、俺はずっと詩人でいたい」
生きていることを思い出すための入浴方法
銭湯ロマン

鈴木清順に似た番頭がピストルで猿を撃つ
モノクロの画から血が鮮烈に吹き出す
「カット！」
死んだ猿が血糊を通して呟く
「世界はのっぺらぼうで意味を持たない」
いい湯だな

「事後苦《インフェルノ》」と書かれたエリア
親を殺した六歳が鬼たちから拷問を受ける
いなくなるまでの距離
「苦しみながら死に続けろ」
業火よ！
救済のない「痛み」だけが空洞の体に残る
汗が一滴も流れないサウナ
「猿の肌はきれいだなぁ」
俺は果たして正しく生きているのだろうか

俺の均衡は正しく保たれているのだろうか
いい湯だな

エロスに辿り着くことなく撃たれて死んだ
いえーい！
顳顬に宇宙よりも深い穴
鈴木清順は笑っているよ
猿の亡霊は飄々と銭湯の空間を眺めながら
「茫然自失」という雰囲気をかもし出して
石鹸で自らの死体を洗いながら歌をうたう
汚れたらまずは洗うべきだろうな
蛇口の闇の奥の暗さに驚きながら
いない水を盥に流し込むバカものたち万歳
存在の屑たちが背中を流し合っている場面
桶のほほえみ
厚化粧した隙間風が彼岸から静かに吹いて

「また、尻ですか」
洗っているうちに既にいなくなっているな

天井から滴る水
一切の祝福もなく
微塵の威厳もなく
泣きながら生まれてきた
やったぜ！
シナリオ通りに生まれて死んで風呂に入る
悪霊が猿となってこの町にやって来たのか
水風呂の死体たちを鈴木清順が網ですくう
あの日の金魚すくいみたい
いなくなる前の最後の記憶
「思い出しちゃダメだよ」
真に存在が破産した奴ほど湯に入りたがる
救いなどない

徹底的にみじめなものが湯気の中を漂って
俺は蟹に挟まれて死んだ

「また、尻ですか」

贋作・僧侶

I

四人の僧侶
死の廻転
世界より一段高い場所で
歪められた矩形の表情《かお》で
狂気を僧衣として纏って
生と死の流転を繰り返す

Ⅱ

四人の僧侶
死の廻転
四人は庭園を歩いている
三人は務めに励んでいる
二人は食卓《テーブル》に座っている
一人は無事に死んでいる

Ⅲ

四人の僧侶
死の廻転
塩と月のない海で生まれる憎悪《にくしみ》
生の輪郭は死ほど明瞭ではない

壁に飾られた「死児」という絵
生の輪郭は死ほど明瞭ではない

IV

四人の僧侶
死の廻転
寝台の上で傘を差すと無事に雨が降る
雨は誰かの涙であり汗であり血である
一人は血で汚れた洗濯物を見て笑った
三人は笑った一人をまっすぐ処刑した
笑うことは禁じられているから死んだ

V

四人の僧侶

死の廻転
石膏の胎児にインタビューをする
「どうして君は生まれたいの？」
胎児は石膏のために回答できない
祝福されない生を母は隠している
手の長い一人が未来の臀《しり》を撫でる

Ⅵ

四人の僧侶
死の廻転
一人は詩集『僧侶』を読んでいる
（眼球ヲ正確ナ位置ニ固定セヨ）
三人は苦行の後で合唱《コーラス》をはじめる
幽霊の実在が咽喉に吊られている
一人は笑った罪で死に続けている

VII

四人であること　四人であり続けること　生きること　死ぬこと　すべてが等
しいこと　塗りつぶされた肖像画　寺院　冬の木の太さ　歴史を持たないとい《ぼくらはまだなまえをあたえら》
うこと《れていない》　叫びとは陶器の一形態である　無垢な大の死　すべての眼球に記憶さ《ぼくらはヌルヌルとしたもの》
れている殺戮《につつまれている》　分娩の洪水　死を踊る者《TATSUMI》　固形の世界　死の喜劇《コメディ》　馬《死》　死児の
喜ぶ風景　死と接続すること《ぼくらはまじわることがすきなのです》　呪われた冬の絵《亡霊たちが痙攣している》　喪服の告白《モノローグ》　狂気との添い寝
桃《肉欲》　静物《グロテスク》　心の悪　非常に高いブランコからの落下と死《ぼくらはうわぎをぜんぶぬがされてごうもんをうけつづける》　卵　恐怖の根源《ルーツ》　複《ぼく》
眼の観察者であること《らはしゃがんでじっとみつめている》　闇《光》　冥府の肉の絵画《フランシス・ベーコン》　密儀　血まみれの牧歌　液体の
女　叫びとは陶器の一形態である　舞踏と接触すること《ぼくらはからだをうちがわからこわす》　浮遊する超現実《シュルレアリスム》　幻
想の陰嚢《ふぐり》　暗闇への注視　美しい壁と天井張り　罪の洗面器《戦死した者がうごめく》　快楽・悦楽と接《ぼくらは「絶望」というもじ》
続すること《をただしくかけない》　蠅の群がる厨房《キッチン》　寒い食事　矩形の感傷　紡錘形の混沌　死の舞《ぼくらはか》
踏について記述を続けること《らだのうちがわにしるされたもじをかきうつす》　巨大な純白《シーツ》　理由もなく棒で叩かれて殺される
詩と刑罰《痛みをあたえる》　死者と星の数を揃える　陰惨を丁寧に愛すること《ぼくらはただゆっくりとあるいていた》　四人であること
四人であり続けること　生きること　死ぬこと　すべてが等しいこと　絞首刑《魂が燃焼する》

Ⅷ

四人の僧侶
死の廻転
生きる意味を理解できずに閉じ込められて
血の斧で頭蓋を砕かれるまで叩かれて育つ
いつか大人になった時に思い出すのだろう
すべてが等しい四人の人物に首を吊られて
黒い布の内側で憎悪の光を眼にする日に…

Ⅸ

四人の僧侶
死の廻転
これはまだ俺が生まれていない頃の話だ

あらゆる祈禱《いのり》もむなしく生者が死ぬこと
それを正確に記述しようとした四人の話
梵鐘《かね》が生の残酷を死の気配と共に連れて
棺の方へ虫たちが一斉に這って行く時刻《とき》
未だ生まれぬ俺の首に縄《ロープ》の痕が残される

＊本作は、吉岡実の詩作品「僧侶」を脚色したものである。

ゲンエイの人　あるいはセカイ

とめどなく描線がブレつづける街で
青空の向こうに
なぜ（ひかりの分布図
星のようなものがあるのかを
死んでいるうさぎと考える（うそ
詩の（半減期

孤独（？）はいつもセカイとつながっていて
謎を解ければコンビニでボーナスがもらえる
そんな場所で生きていて（死んでいて
火曜日になったら喫茶店に行く
「おまえなど　ここにはいない」
横断歩道で殺人事件を見ている（それを見ているのは僕？

カワバタ商店街には詩集にくるまれた死体たち
詩の授業を受けに来たムスーの幽霊（深い水
詩について言えることは（すごいのかどうか
「あっ」と誰かが言うと宇宙は暗闇になって（うそだけど
銀河すてーしょん
狂気が鉈となって襲いかかる（鉈ってなんて読むの
たくさんのぼくは切りながら裂かれる（なた　なんて痛そう

綾波レイと結婚する部屋（ほんとうですか？

ピコピコという電子音が宇宙に鳴り響く（沈黙
知らない人とつながってないのに（でんぱ
つながっていると信じて（だれもここにはこない
僕らが詩を作る場所（あるいはセカイを受信している場所
そこを「ワタナベ」と呼びます

＊文中、渡辺玄英の詩篇より引用した。

Ⅱ 紙幣の街

紙幣《カミキレ》の街

青空が裂ける映像で目覚める紙幣の街
「穴」を覗いて時間の外側へ顔を出す
遊びをつゞけることが困難な紙幣の街
「魂をかじりすぎてはいけませんよ」
猿たちは死霊たちと食事を続けている
頭を空っぽにするためのスープを啜る
あらゆるすべてを知ってしまったのだ

猿はスープを飲み干してにっこり笑う
「時間が終わってしまった後の空洞《ガランドウ》」
女の乳房に縋って泣いている男たちの
泣きすさぶ風景が抒情詩として現れる
戦場から逃げて生き延びた後の苦悶よ
腹に刃をずっと微妙に入れられている
イキテ…イキノビテアルコトガウズク
死者が群がる街に汽笛《ぽっぽ》の音が鳴り響く
車輛には昼と夜が片方ずつ配置されて
長いトンネルを抜けた先で死を迎える
噛み砕かれた孤独の先を泳ぐ鯨の亡霊
画像を脳に貼り付けられて笑い続ける
緑色の汁は死児たちの甘ったるい夢さ
孤独の味が大層お気に入りのようです
曲芸小屋《サーカス》では死んだ男の空中ブランコ
戦場で死ねなかった者の憧れになった

葛餅を食べながら茶屋で骨と談笑する
涸れた涙たちが空に充満していく正午
ちいさな部屋では雨の言葉が降り続く
石鹸で他者の血が付着した皮膚を洗う
野蛮な魂が地響きのように脳の奥から
透明なバナナの皮の上で踊り続けるよ
憎悪で惑星の運行を変化させるような
変化させるものは何一つない忘却の唄
言葉が枯れるほど空洞《ガランドウ》のように貧しく
鞄の中で冥府の言葉が永遠に反響《エコー》する
彫刻の中に痛苦の怨念を閉じ込めた男
「詩人」と呼ばれて差別され消された
コオロギの死が時間の底で進んでゆく
崩壊して生きる旅の途中で消えかけて
「あなたは石よりも踊る側なのです」
のっぽの詩人はかつて戦争を讃美した

戦争が正義だから思うままに讃美した
腐って呪いの中にだけ生きるゾンビよ
皮膚の奥で死霊たちが魂を貪っている
詩人はいつしか平和な街に捨てられた
ボロボロのシャツで街に出る孤独です
この街では詩人は暮らしてはいけない
少数派は金網で囲まれた住居に暮らす
生活を汚されないように平和に暮らす
暗い卓袱台でひえた飯を静かに食べる
星の死を悼む才能を持った少数派です
人間に生かされて殺される少数派です
「穴」の向こう側に音響装置《スピーカー》が見える
雷鳴が街の鼓動を速めて楽しんでいる
防空壕の中で死ぬ覚悟を決めたあの日
豆腐を真似て存在の軸は簡単に壊れた
戦闘員たちの顔は何かに怯えてゆれた

ゆれが高まると顔が無くなって死んだ
死ねる光の蛇口から魂が出てゆくのか
たまたまのたましいをみちびくために
軍歌がいつも引っ搔き傷のように残る
無差別殺人を応援する崇高な詩の効用
埋もれて土の中で唇たちが一斉に動く
胸の奥のちいさな空室で秩序は乱れて
乱れた秩序が女体を派手に装飾すると
混乱した魂を慰める材料が集められる
救われないものを救うために生きる男
電燈の下で煙草を咥えて死と直面する
貧困は雪の花びらのように降り続いて
雑巾《オンボロ》のような心で味噌汁を啜ってます
吐く息は存在の濃度をうすめるばかり
川の底で祈りながら死んだ親子の永遠
蛇口から死んだ者たちの涙が伝わる朝

ぬるい水を飲みながら罪をあばかれる
「生まれてきた方角が間違っていた」
子供たちは祝福されていないと信じた
顔が無くなることさえできれば死ねる
精液が乾く間に殺すべき者を見つけよ
慣れない性交を終えて旅立つ殺人の日
蜜柑の皮をむきながら暴れてしまった
笑いたくないのに笑って人を殺戮する
どこまで行っても辿り着けない居場所
老いた者たちは何も残さずに去りゆく
時と時の波打ち際で眠る鴉の道化師よ
超現実の便所で尻を紙幣で拭いて死ね
「価値」と呼ばれるものに価値はない
破れ目のような「穴」に侵入してゆく
平和な地上には猿の闇が深まるばかり
深まる闇を言葉に変換して腐った頭脳

釦を押すと猿たちは一斉に血まみれだ
常に緊急事態が起こる場所で微笑んで
あなたの声を探して「穴」を覗き込む
フルエルコエニ「根」ヲツカマレテタ
停電した街に鳴り響く怨念としての歌
街の血管の内部を飛行する鳥《バード》の群れよ
永遠の居住区からの移民が弾圧されて
電柱は折れ曲がって宇宙の底が抜ける
羊たちが何もない宇宙を見上げている
ソコガスッポリトヌケオチタノデスヨ
巨大な焼却炉《ホロコースト》では人間が人間を燃やす
人間の内部で音楽が必要とされている
「生きてることに自信がなくなった」
帽子屋たちはこの世界の秘密を握って
技術がすべてを制する時を待っている
風はどこからか吹きどこかへと消えた

坂の途中でパンが急に食べたくなって
「飢餓陣営」と呼ばれる掘っ建て小屋
島でくだけ散る戦闘員の絵画を眺めた
精神が焼け焦げた臭いが充満している
「悪い記憶」と名付けて忘れようかな
ムシャムシャムシャムシャと音を立て
死者の腸からソーセージを作って喰う
行方不明の世界のおじさんは燃焼《スパーク》する
削除されてゆく表情たちの無抵抗の歌
「共闘」という郷愁を猫たちは抱いて
憎しみが巨大な槍のように街を貫いて
高層建築《ビルディング》が焼け焦げて地上に落下する
「片方の腕がなくなって歩いている」
土管のようなものが空から降って死ぬ
突拍子もなく発生する死にこんにちは
悲鳴が猫の耳に聞こえる頃には廃墟さ

紙魚が街のすべての書物を××にした
カカレタコトバハスベテタダシカッタ
怒りを冷やすために降る雨が通過する
怒りを冷やすために降る雨が通過する
雨やどりを続ける猫たちは顔を上げて
関心のない画家の絵画に突然感動する
イクサニツイテコクメイニエガカレタ
絵画の色彩には本当の血が流れていた
星の「傷」があちこちに散乱している
崩れ落ちた建築物の傍で生命は倒れる
「言葉による救済は許されていない」
印刷された文字たちが虫になって踊る
踊りは生きた彫刻として街に鳴り響く
署名によって公開された「私」の消滅
恋文を威厳もなく廃墟で朗読する窮鼠
みじめなものが生まれては消える輪廻

声の中に「好き」という結晶が集って
みすぼらしい襤褸が投げ出されている
卵が落下して割れる映像を何度も見て
動き出すという「力」に全てを預ける
路地では歌うたいの死体が歌っている
架空の命令に従って身体《ボディ》を空に預けた
オフィスで自殺者と面談して爆笑する
不真面目な文章を公開して満足する鳥《バード》
多数が少数を追い詰める場面が煮える
裏切りがいつもあなたの道をふさいだ
古い映画を今夜はとことん見させてよ
化粧水の瓶が割れて素顔が浮かぶ夜に
「無個性」と呼ばれて微笑む人の潔癖
操作されていることに気付いて生きる
別れてもずっと君のことを想い続ける
顔が無くなることさえできれば死ねる

小人たちは太鼓を叩きながら野垂死ぬ
粥の中に入った小蝿の肖像画を描く男
戦争について何かを言おうとして黙る
玉葱のような言葉を剝く女たちの背中
修理屋がすべてを投げ出して漂流する
炎が臍周辺から上がると人間は焦げた
笑いながら惨殺された裸の人間の映像
ゆれる炎と性交して贋の天国を目指す
性器が星のように暗闇に侵攻してゆく
ワッと声を出して少年は死んだのです
乾燥した存在がプッと穢れを吐き出す
牛たちは自分の肉を焼いて食べて笑う
街では死んだ戦闘員たちが煙草を吸う
拷問を経験した存在を再度拷問し直す
反復される時の丘で馬が魂を強姦する
屑屋《ボンコツ》が燃え尽きた魂を拾って銭にする

「泥濘《ヌカルミ》」と呼ばれる豚が沼に転落する
ドオボンドオボンドオボンドオボンと
転落する豚たちの奥歯はいつも汚れて
巨大な蟻に頭部を食べられる幽霊たち
人間は人間であることに嫌悪を感じる
棺桶の内部で恋愛論を執筆する吸血鬼《ドラキュラ》
自動車のテールランプが夜を装飾して
苦しむ動物の顔が余白に映し出される
歴史の舞台袖を語る裸電球は点滅する
精巧に造型された人形たちが神に抗う
生きる理由を持てぬ者から死んでゆけ
誘拐した後に紙幣を貰って人質を殺す
「殺人を経験した後の文章教室って」
忘れられた戦争の孫たちの晩餐会《ディナー》にて
酒で大切な記憶を都合よく上書きして
苦しむ影は夜の空気に紛れて微笑んで

書物の形をとった身体《ボディ》は焼き払われる
存在と灰と虫ケラと亡霊と空白と署名
顔が無くなることさえできれば死ねる
愛と孤独の季節の中で唯一残ったもの
「戻ってきてはいけない場所でした」
人間が人間に飼育される自由の栄光！
巨大な耳をした犬が病院の寝台で眠る
医師も看護師も完璧な殺害方法を練る
「犬ごときが」という言葉が犬を殺す
表情の乏しい犬と一緒に紙幣を咥えて
医師も看護師もワンワンワンワン吠え
生きる術《すべ》を教えて欲しいと神に尋ねる
蟬たちは季節を忘れてやかましく鳴き
護身用の銃が自分の一生を終わらせる
春でも夏でも秋でも冬でもない季節に
刑事の猿は「憎悪は連鎖する」と呟く

妊娠中の女の臍に爆弾が仕掛けられる
十秒後に女の外で骨と肉がゆれていて
部分《アカンボ》がか細い声で「オギャア」と泣く
蝿が漂流して屑《ゴミ》の中に悪の種子を摑む
山猫の喫茶店《カフェ》で誰かの思い出を読む男
子供たちは玩具箱の中で一生を過ごす
星が最も人間の罪を照らし出すような
空襲の日にあの子を闇に突き飛ばした
「藤田くんの幽霊、今日も来てるね」
乳白色の絶望が左の掌に充満している
記憶が薄れてゆく過程《プロセス》を言語化する猿
散文のようなバウムクーヘンを頬張り
「歌の意味を伝えろ」と伝えて死んだ
世界を捲る者が減っていく紙幣の街で
死者たちの幻の声をテープに録音する
ココニカツテ「居た」トダンゲンスル

この世界に充満している不確かなもの
この世界に充満している不確かなもの
右の眼球の内部に張り付いている紙幣
確かなものの領土はこの街には不在だ
風の不定形の中で風の感情に吹かれて
震えながら「私」を破壊して再生する
時間はねじれて熊の指でくすぐられる
爆撃が開始されて戦闘員はみんな死ぬ
燃焼する紙幣の舞い散る中を進む豚よ
誰の生命も救済することは不可能だが
お前は亡霊のように永遠を生き続けよ
皮膚の奥まで焼け落ちた戦闘員の宿舎
目覚まし時計が世界の終わりを告げて
夢の繭の中で憎悪の凝縮をおこなった

Ⅲ　詩語

詩の才能

「私」から現れては消えてゆくもの
詩と死の交流と決別の果てに
見えるもの
それを永遠に探し求めて……

僕がまだ生きていた頃
見捨てられた町「卑詩」で
ことばをおぼえる前に詩人に出会った
そのひとはうすよごれた紙の束をかかえて
その土地の亡霊よりも衰弱して立っていた
「おじさんはね、これで人生をつぶしたんだよ」
「詩人」という慰めのない煉獄をさまよい続けて

自作詩で思い出し笑いをする貧しさがそこにあった
思想も技術もみじめにくだけちった後
そのひとは息もせずに臨終のことばをさがしていた

湯からあがるたびに大人になったが
僕のことばがひとに伝わるまでには
「生」を終えるくらいの歳月が必要だった
風景に字幕をつける作業に疲れた僕に
野良猫が「お前は詩人だな」と話しかけてくる
「わらってくれたまえ、ぼくのともだちはポエムです」
廃品回収を生業にしていたそのひとのことを想う
季節をひとめぐりするだけでひとはみじめに死ぬ
焦げたゴムのようなにおいがおじさんの「家」にはあった

出会ってしまうのではない
人生にとって完全に不要なもの

出会わなくてもいい忌まわしいもの
それらとの出会いを避けられない才能
それが今日もひとに詩を書かせている
「詩は滑稽だ」と書いたのは誰だったか
見捨てられたものを愛するために孤立を選ぶひともいる
ひとの影がこの世界から消えてゆく午後
焦げたゴムのようなにおいがおじさんの「家」にはあった

金閣詩

今村昌平監督作品『楢山節考』で左とん平は犬とセックスをする
そして戦争
人間も死んで
犬も死んだ
「戦争とはわれわれ少年にとって、一個の夢のような実質なき慌しい体験であり、人生の意味から遮断された隔離病室のようなものであった」
あなたの胸の中には金閣がある

戦争が終わり
犬が日本語を人間に教える時代になった
「自分をみじめに見せないことは、何より他人のために重要だ」
図書館とは詩と性交をするためのラヴホテルだった
紫芋でつくった饅頭をもぐもぐしながら
「又もや私は人生から隔てられた！」
頭に氷を載せたまま
文学に救えるものはあったのか
「孤独はどんどん肥《ふと》った、まるで豚のように」

「植民地」と呼ばれる建物のネオン
珈琲店にて鮮やかなババアの頬への攻撃
何もない箱をじっと見ている
「断じて解放ではなかった」
『キンキン、キンカクジ』というレコード

珈琲を不味くするための儀式だと犬は言う
どこに行っても犬にしか会わない
自己中心的な「像」を描きながら
誰も笑えないコントをする犬のコンビ
「途方もない厖大《ぼうだい》な虚無」

戦争で死んだ童貞が一年に一度気持ちよくなる日
（鰐が銃で親父を撃つ）
「美の根は絶たれず、たとい猫は死んでも、猫の美しさは死んでいないかもしれないからだ」
うちゅうを見ながら地球をにごらせること

死の灰文学館
現代詩講座で質問したら殺された人
それが俺の親父
「少年時代から、人に理解されぬということが唯一の矜《ほこ》りになっており、ものごとを理解させようとする表現の衝動に見舞われなかったのは、前に述べたとおりだ」
犬街
近代の終わりに詩と性交を試みて
詩のおまんこに作中主体をにごらせる
なぜ自分の命と引き換えに
詩について質問などをしたのだろうか？

犬しかいない街で
犬が充満しながら
「私の心の暗黒が、無数の灯を包む夜の暗黒と等しくなりますように」
おでんは熱い
伝説の詩集『おじゃらけ』（没落書店）だけを楽しみにしている俺は
親父がなぜ死んだのかを考えていた
スマホはちんぽよりもちんぽだなあ
「そのとき金閣が現われたのである」

空っぽの美しさに熱されながら
サウナに詩集たちが入っていく
「金閣は無力じゃない。決して無力じゃない。しかし凡ての無力の根源なんだ」
水風呂であなたはかろうじて死んでいる
歯の隙間
「金閣を焼かなければならぬ」

鼻糞で人を殺したら
大好きな記憶喪失
大人たちに褒められた
「美というものは、こんなに美しくないものだろうか」
ほころびの詩学
（セックスと言語の美とは何の関係もない）
肩を取り外して揉んでみた
充電中のちんぽが笑ったり

時々泣いたりするのはなぜだろう
「生きようと私は思った」

＊文中、三島由紀夫『金閣寺』より引用した。

詩ねない

ええ、そうです。癌でございますよ。言葉のね。ステージ4だよ。毎日体の衰えがパンクのように激しく、あちこちのはたらき具合もどんどん低下してゆくわ。あー。死ぬのかなー、俺。あーあ。去年死んだ旦那も同じ病に罹ってたなぁ。「あゝ、クダラねぇ詩しか書けやしねぇ」と毎晩書斎で埃の積もった書物を捲りながら、「あゝ、喉が痛い。頭が痛い。手足もしびれる。こんなこと程度の目糞鼻糞が、俺が詩に書けることの全てだ。世の中が悪い。てめぇが悪い。そんな愚痴のようなことしか書けねぇ。癌だね、マッタク。生きてたって仕方ねぇや」と絶句していた旦那。いよいよ手前にも同じ症状が出て来やしたぜ。病と老いの不安ばかりが書くことに先行してしまい、敗戦やね。チッ。不謹慎な言葉が欲しけりゃ、いくらでもやるよ！若い奴らは自由に派手なことをしていればよい。どうせ行き詰まって死ぬのだから。アハハ。も、俺なんかからはあなた方に伝えられることは何にもございません。て、手足も震えててよ。どうしろってんだ。まともな考え方より目先のゴミ拾いだ、畜生。飢えた子供に贈る言葉も苦しんでいる人たちに捧げる言葉もみんな上等すぎて、ダメだ。もう快楽妄想の言葉で老いとセックスするくらいが隠居老人の糞まみれの最後のアガキだ、此畜生。光と闇か。チッ、アホか。おめぇ、こんな俺によく「これからの現代詩について」なんてインタビューの依頼をよこしやがったな。二度と顔も見ることもねぇ。帰りな、帰りな。俺はまだ詩なねぇとだけ伝えろ、バカ。

ゴジラ

シュポッ　ト　音ガシテ　そして放射能だけが残された
ゴジラが去った後で　作業する者に残業代が支払われる
「やったぜ！」
死者の数は今日も順調に増えていくね（星降る夜も君と
激しく廃墟
骨になった動物はガハハと笑って強めに死んだりもする
平和の詩を書く子供たちの顔が「他人の空」を占拠して

骨になった走者《ランナー》がバトンを渡せずに走り続ける　競技場《スタジアム》
肉が貪る肉は肉の意味を無意味な肉として肉自身に問う
マスクをした猫たちが瓦礫の街を映像として　さまよう

あいされて
こわされて
ただいきる

太陽を盗んだ男の墓を背に　ゴジラの頭部が湾に現れて
「死んだMよ」
鉄条網の中　「生」を貫く言葉も灰になろうとしている
誰もが清潔な正常を保ち　無差別な殺人を楽しんでいる
変な鳥が飛んでいる　架空の世界の空気はいつも酸欠だ
激しく廃墟
ボロボロの病院で　医者（生活詩）が「生きろ」と言う
かつて「現代詩夫人《マダム・ポエトリー》」と呼ばれたヤリマンの母ちゃんは

天国の父ちゃん（戦死者3566号）の遺影とFUCKして
醜いソーセージとしてむきだしの「1」として死んだよ
ケラケラ
「破局《渦として》」の本当の意味を知っている奴はここには少ない

絶滅博物館
空虚の鼓動
俗悪《チープ》な魔法
historyなんて同情もできないくらい黒焦げだよね（笑）
漂流して　さまよう文字《あたし》　つめたい住処　どこへ行く？
闇よりも深いトンネルを抜けて　自分の幽霊と対話して
永遠よりも長い時間をかけて　ようやく潜り抜けた先に
「途方もない厖大《ぼうだい》な虚無」
人類最後の場面《シーン》の縮尺模型《ジオラマ》を制作する美術スタッフたち
撮影現場《スタジオ》では　ゴジラの炎が世界を完全に凍らせている
ケラケラ

「復興」という虚構をつくる準備をする　虫けらたちよ
卵の中にいた時から　魂は腐りかけていたと思いたまえ
戦死した軍人が戦闘機に乗って　スクリーンの彼方へと

「Hey!　生」
芹沢博士（戦後詩人）はゴジラを騎乗位で昇天させた後
「チーズバーガーと現実とを美味しく食べたりもした」
究極の精液《デストロイヤー》によってゴジラと自分を宇宙の底辺《そこ》に沈めて
かつて「芸術」と呼ばれたものは　既に藻屑《ゴミ》であります
「ね、死者のことなど考えずにただ楽しく生きてくれ」
ゴジラが何度よみがえっても　ここが何度こわされても
どんなことがあっても　詩なんか絶対に書かないでくれ
「ゴジラ以後に詩を書くことは茶番だ」

誰でもない
主体の廃墟

やがて　終わりが来る（哀悼が全く役に立たないような
「いよいよ最後です」
ラヴホテルで生きる意味を学ぶ　処女そして童貞の諸君
みんな　みんなさようなら（戦後詩と一緒にさようなら
詩作がセックスよりもつまらなくなった　光の膣内《なか》にて
誰かが「もう一度、正しく生まれ直したい」と言った
それはそれでいいだろうが　決して二度目などないのだ

祈るな
忘れろ
全てを
ゴジラ
死ねよ
戦後詩

「二度と繰り返すなよ」

Poem with me

やがて愛の世紀は終わる
ロマンスの終わりに君と奏でる
ささやかな music
「破滅することで満たされる愛」
「え？」
蜃気楼のような世界で
確かなものがないから

好きでもない男と夜を過ごすこともあった
「ざまあみやがれ」
理想の恋人の肖像画を抱いて
わたしを最も傷つけてくれる
匿名のからだ
皮膜さん、蝶々さん、皮膜さん、蝶々さん
映画より甘い言葉をずっと岸で待っていた
義手のギター弾きが失恋を語っている
虚無の映像としてのからだを空気にまかせて
抱かれてもおかしくなれない悲しみよ
詩の蜜をすする位置
「どうなってるの？」
恋愛が困難になって
性愛に彩られた「家」が廃屋として散らばる
「いのちがうばわれた宇宙の片隅の物語ね」
「唇の深度」なんてことも全て無効になった

橋の上で売れない歌手が肌を少し見せながら
きたないおじさんからきたない紙幣《カミキレ》を受け取っていた
貧しい世界でオニオンスープを啜るような幸福もある
「嘘かもしれない」
「全てね」
生きられるとしたらきっと恋はそこにいる
感情は行間の片隅で
自らの願望に呪われて血まみれの裸となって
深さについて尋ねられたらここで別れようよ
のぞみをすてて安価なスナック菓子を食べる
近所の子供たちの静かな瞳は完璧に冷却され
安全な場所などどこにもないのよね
風向きの問題によって殺されたひともいた
傷ついた平和
水底で眠る瞳
「ずっとひとりだった」

暗闇の背後で無人の駅が浮かび上がって
ステーション・エデン
抱かれた記憶は数秒で消えるから
暗闇とキスをしながら
何も見ることができず
ただ男の息だけが詩のように冴えていた
「愛とセックスとは全く関係がないの」
熱は冷める
トーストに何も塗る習慣がない女です
この時代に
詩はどこにも行けずに苦しんでいるわ
同じ顔を埋め込んで同じ顔をしている
名もない顔たちの
とてつもない映像
白い街角
歩くだけ

せめて私のからだを通して詩が
別の世界に突き抜けてくれたら
少しだけいい気持ちになれそう
きっと

Ⅳ 私語

トンボと旅する少年

（おしえておくれ、ぼくらのいる場所を……）

トンボと旅する少年が　ぼくさ
雲のながれに　ひかりを聴いて
ぼくは　ただ　ぽーっとしている
世界に惚れこんでいる気分だ

ちりりん　ちりりん　風の音そよぐ
金魚売りの口笛に　ああ　なぜか泣きそうだ

「思ひ出」と云うカメラを　かかえて
ひえた舗道　ぼくの足元はきえかけている

トンボと旅する少年が　ぼくさ
木々のささやきに　やみを聴いて
ぼくは　ただ　ぼーっとしている
夕焼けに染みこんでいる気分だ

えーい　吹けえ吹けえ　風の横綱！
ぼくのこころは　銀河の孤独よりかたいぞ！
天使の瞳　やさしさにすべてをうばわれて
そして　今　トンボのように宙返りなどして

地味な収縮

橋の上で
呼びかけられる時
僕は一度破れることにする
破れると
地味に収縮して
必要以上に
自分を証明しなくていいから

そのあとで
誰かに
飛ばされる
空中で「宇《う》」と叫んで
馬鹿なことを考えたり

他人の台詞

夜
男は路地を歩きながら
他人の台詞をつぶやいていた
いや
男の言いたいことを
全て他人が言ってしまうものだから
男は他人の台詞として

言いたいことを
言うしか他に方法がなかったのだ
地上の果てに
この上なくうつくしく
この上なく残酷な睡蓮が咲いていた
ただそれだけのことだ
現実というものは……
「恋をしていただけかもしれない」
男が何かを言いかけた時
誰かが男に話しかけてきた
男がかつて愛した女だろうか
霧の中で顔も見ないままキスをした
そのまま静かに後ろに倒れて
すっかり老いてしまった
男は他人の台詞をつぶやくこともなく
この世界から消えていった

平行

「名前のない君をどうやって呼べばいい？」
「Yでよいと思う」

風向きの問題
で街
でお互いを発見した
知らない者同士

に傷口はあっただろうか
似たような暗闇を抱えて

君の名前に別のひとの名前
を上書きするような世界
僕と君と同じ顔をした少年たち
の翼の生えた駆け足を見届ける
「君の根拠は？」
「深夜のファミレスあたり」

身体に月ノ光
を浮かべて（ふたりの川辺
揺れ動く《ヴァイブレーション》
蒼い　蒼い　蒼い　蒼い　蒼い言葉
が魂に「弾丸の終止符」を告知する
「そこのビルの階段で象が死んだよ」

真夏は蟬よりも死に至りやすい
扇風機で未来を占うような時間
の中でお揃いのTシャツを着て
潔癖が宿る部屋で君の汗を嗅いだ
ひえた札幌ラーメンをふたりですする

身体に月ノ光
を浮かべて（ふたりの川辺
斬首された友人の最後の手紙
を「愛」と最も離れた地点で開いては
石たちのつぶやきに耳をすませた
彩る花うらら（彗星が少年の彼方へと

平行／関係（うしろをふりむくな
棘＝心

ふざけて殺し合う（通過儀礼的な抒情詩《リリック》
音楽の満ちる指先が魂を奏でる
「ひとの死ぬ日に差す傘の色って？」
お互いの唇の甘さだけ
に翡翠の憂鬱
機械としての欲情を試した（これはテストです
「ひとには名前なんてないよ」

充分ににくしみ合う
とうすい皮膚の内側
はこんなにも熱くなるのだろうか
マヤコフスキーの詩句のように過激なキスをして
残酷な陰嚢
「冗談じゃないぜ！」
やくざな風がラアラアと吹く
疲れた山羊の頭をしっかりと撫でて

ふたりで玩具を奪い合う

いない星の名前のラヴホテル
皮膚が透明に結晶するまで
遠い星で（情念の幽霊《シテ》が微笑む
ふかくふかくもぐれ（もぐろうよ
嫉妬し合う流動体の結晶として生きて
ふざけた幻想曲をＢＧＭにして
蒼い光が僕らを攻撃的につつみこむ
「窓から注ぐ優しさは全て嘘だよ」

ふかくふかくもぐれ（もぐろうよ
死んだ友人の墓にふたりで放尿した
美しいカーヴ（そして午後四時の虹
虫たちが複眼に僕らを見ていた
「複数の僕らって異常だね」

「単一の僕らも異常だよ」
マイルドセブンを咥えて
絶壁の空の孤独を楽しむような（ふたり
ハリウッド映画の話をしながら
うつくしい場所へと向かってゆく

方向音痴の鳥が
二羽
平行に
銀河を飛行してゆく

午前二時に突然透過する

なんでもないものと、なんでもないものとの間に、なんでもない関係がある。
谷川俊太郎「なんでもないものの尊厳」

ことばをもたない夜空はいよいよ
ふさがれないかなしみをふさいで
ふたりの星をやさしくつつみこむ

地下でねむっているからだ恋しや
天使と一夜限りの対話をしたいな
うつくしい声が胸をよろこばせる

つよくむすんだ約束が星みたいさ

物語のカフェにてゆっくり息する
いろはにほへとあなたとすごせて
ふたりの文字に暗闇でたえずキス

肌と肌は互いに濾過をくりかえし
ふたりのからだはさらに透き通り
いろはにほへとあなたとすごせて
魂はうまれた時よりもまっしろさ

コロナを犯す

「コロナ禍をテーマにポエムを書いてくれませんか?」
死んだ恋人たちが再び起き上がりキスを始める　午後
全人類の罪が熟れてゆく時間
新天町の喫茶店「抒情倶楽部」
メガネのエロそうな人妻に呼び出されてそう言われた
なぜ　人間は愚かに生きていかなければならないのか
女は詩の同人誌「犬のなおじ」の編集を担当しており

あまり売れてない詩人を中心に声をかけているらしい
あゝ　そういうことか（笑）

俺は言った
「そんな恥ずかしいことができますか」
女は目元を少し濡らして
「どうしてでしょうか」
「価値観の違いだから、あまり詳細な説明はしたくない」
俺には売れない理由が必要だった
ほんものの詩は売れてはいけない
どうにかして売れないように努力してきた
つげ義春の『無能の人』を小学四年生で読んだのが原因だろうか
なぜ公立小学校の図書館にああいうものがあったのか分からない
売れない詩人の感覚なぞ到底理解されるはずがない
臍から紐のようなものが突然躍り出て
紐「詩なんて書かなくてもいいんです」

女「絶望さんの言いたいことは理解できます」
俺「いや、あなたはきっと理解できていない」
女「つまり、表現で社会参画するのがお嫌いなのでしょ」
俺「全然違うんですよ。極論、僕もあなたを否定しないように頑張りますから、あなたも
僕を否定しないように頑張ってほしいのです」
女「つまり、書きたくないと」
俺「ですね」
こゝろに　痛みのない瘤のように膨れた自由な丘がある
そこに吹く風が　自分を彫刻しているような気分になる
関西のK先生はすぐに快諾したと女は小さな声で言った
この世で最もうつくしいかもしれない指の　先のひかり
俺の洞察や分析も役に立たなくなる予感が近づいていた
俺は　いつの間にか女のやわらかい手と深く結びついた
「人のかたち」と云う形式を維持するため　理由もなく

あゝ
人はどうでもいいことを急に始めてしまう　理由もなく
死んだ恋人たちの公園を通過して　神社にたどり着くと
だらしない性交の図を思い出すようにおみくじを引いた
「定型」としてのマスクを誰にも気づかれずに　外して
女の皮膚の裏から冷えた猫の響きが伝わる　領域《ゾーン》に来た

今泉にあるお洒落なラヴホテル「自省録」
赤いメモ帳と茶色いボールペンを渡されて
女「ねぇ、ここで作品をつくりましょうよ」
俺「ここで？」
女「そうよ」
俺「ゴドーが来てくれたら、書くことにするよ（笑）」
女「え、ベケット？（笑）」
少し冷えた午後の紅茶をまるで売れっ子のように飲む
俺「確認なんだけど、俺って売れてないよね？」

女「ええ」

女は裸のままで俺に詩を書くように促してきた
「こういうことができる人は罪悪感なく詩が書りるんだと思う」
俺は谷川俊太郎（プロの詩人）よりも沈黙した
感情もなく他人の気持ちを動かす詩を書くこと
「いかにして人間は神に接触するか（マルクス・アウレリウス）」
ライオンが部屋の隅で快楽に溺れる俺を指差して笑っている
不完全なネジのようなものが女の茶色い乳首と混ざり合うと
精液《エゴ》が出た

俺は　結局「エロマスク」という作品を書き上げた
この道はいつか来た道
あゝ　そうだよ
俺は博多駅に向かう途中でぼんやりと空を見上げて
同級生が出演するドラマのワンシーンを思い出した

その当時　図書係をしていたその子は
十三才で　地元から東京に引っ越した
それから三十年
あゝ　そうだよ
意味を求めずに　ぼんやりと帰途につく
やがて銀河の闇が無意味な空ににじんで
日記を書き続ける虫たちの吐息が聞こえるくらい静かな
夜（宇宙が最後に燃焼するような空気が流れ出ている）
スマホの光が「人間とは何か」を語り　いい匂いがする
「笑うなよ、叡智の闇」
神様と交差点ですれ違うことがあってもおかしくはない
悲しい口笛
俺はひょっとしたら　随分前に死んでいたのではないか
俺と俺でなくなったものを　誰かがこの場所に召喚して
それらが　この世の果てで再び出会うための約束をした

好きなひとにこれから告白しようとする男の禁断のトーク集

ぼくはいつ詩に捨てられるのだろう。
谷川俊太郎「十七歳某君の日記より」

「はじめまして、詩を趣味で書いている僕です。僕は、人生の最大の価値を詩に見出していた父と母の不潔な意気投合によって、一篇の詩のような「生」を授かりました。父と母は、セックスよりも詩が好きでしたので、結婚したのは自分たちと同じように詩を趣味で書くようなこどもがほしいという不潔な理由でした。あ、「不潔」ということばは不適切でした。訂正いたします。生まれることに意味はない。死ぬことにも意味はない。だから、詩は人生そのものなのだ。浅はかな指導要領に基づいた不潔な教育を受けてきました。その影響もあり、現在の僕は詩を趣味で書いています。こんな僕を多くの方は「変な奴」だと思うようなのです。でも、そんなの関係ねー。やっぱり、僕って変なのかな。以前、両親から言われたことがあります。「あー何もかもがやかましい。近い将来、てめえが詩を趣味で書いていることで謂れのない差別や批判に遭遇することがあるかもしれないが、てめえが趣味で詩を書くことが人類の最後の希望なのだ」と。でも、そんなの関係ねー。僕は人類の最後の希望なのです。でも、そんなに特別扱いしちゃダメダメ。ちなみに、詩を趣味で書かれたことはありますか？詩を趣味で書くことは本当に勇気もいるし、羞恥心がすごく高まって虎になるような同業者もいますから、本当に大変なのです。どんなことを言われても、「僕は詩を趣味で書いております」としか答えることができません。時々、それが辛くなることがあります。おかま帽の同業者は「詩人は辛い」と居直ったらしいですから、大したものです。「詩人のふりをしているが私は詩人ではない」という新しい切り口の居直り方もあり、最も驚いた同業者で「ことばなんておぼえるんじゃなかった」という発言があります。僕の両親の教育は七割くらいただしかったのでしょう、すげえだろう。あ、こんな僕ですから趣味は詩と誤解されます。僕は人類の最後の希望なのですから。暗い気持ちになることが全くありません。だって、僕の趣味はセックスです。詩を趣味で書いているのは、仕事に近いです。ライフワーク。大げさに言うと、「宿命」と呼んでいいでしょう。ていうか、呼ばせてくれ。こんな僕も趣味は他にあります。

趣味がない人間はつまらない。セックスです。ただし、僕は「童貞」という宿命を背負い続けて、趣味の世界で最も素人のままでした。改善案を長い期間考察してまいりました。そうして、僕は恋人をつくることに決めました。好きなひととの性行為しか「セックス」と認定してはいけないという旧石器時代のポリシーがあるため、僕は必死であなたを好きになりました。どうでしょう。こんな僕でよかったら、お友達からで結構ですので、付き合っていただけませんか？」

V 詩後

詩の子供

誰かがその子に
声をかけた
「ありがとう」
誰かは分からない
線路の近くだった
草が生えていた
僕らはいつも死んでいた

愛を知らない建物に
人形が飾られている
深い沼の底でおかしくなって
井戸の近くで足を捨てた
秘密の壁に何かが書き残されている
おぼろげな壊滅があなたを呼ぶ
僕らはいつも死んでいた

詩後

ある日
一匹の野良猫によって
一篇の詩「窮鼠」が完成した
もはや
この世界で
書かれるべき一行は存在しない

なぜなら「その後」をなおわたしたちは
生きつづけなければならないから
松浦寿輝「afterward」

一篇の詩
それによって
世界中の詩を書くが奪われた

詩人（自称）たちは
バカらしくなったのか
蒲団の中で夢を見ながら死んでゆく

「神秘的な時代だったらよかったなぁ」
ペンは残されていない
無数の顔が健康的に世界を呪っている

「なぜ殺した?」

「詩が眩しかったから」

エンディングロールが流れる空

ふとった猫たちが
曇天を見上げながら
何かを待っている

僕らが詩をやめる理由

みじめな生活の中で詩を書き続けた（正岡子規の例の寫眞みたいに（陰鬱に
「毎日はいじめだからね」
誰からも支持されることなく（夜空に慰められる場所に立つために自殺する
不能の「文」に肉体を単純に固定されて（光らない電球のように笑い続けた
ペットボトルを揺らして（魂への不信感を強くした幼い日を思い出している
安売りの光の文字が正しく配列される灰色の街で（涙を流すことにも飽きた
「泣いてええんよ」

弱さがたくましく画面の解像度を増してゆくことを「抒情」と誰かが呟いた
余白の仮設住宅で躍り狂う亡者は十九世紀の化身として（尻を突き出すのだ
幻想の植物の美しい脳は人間そっくりの姿をして（手のひらで夜を燃やした
「眩さについて」という泥棒Aの散文を読みながら（詩の世紀は灰になった
不幸な者たちに朝が再び来ることはないことをメールにて伝達する（光なし
才能のない少年に蠟燭が告げる（お前のような無能に生きている価値はない
全盲の爆弾として戦場で塵となる親子が最後に読んだ絵本の内容（クソだ！
誰もいない土地に誤読の風が吹いて「絆」と呼ばれる醜女の背中と性交する
「美」の生存を小指の先に感じる草原の孤独の風（微笑む理由を持っている
「世界」と呼ばれる鰐を正確に認識する方法（一週間で消えてしまう存在よ
乳房の内部の暗黒に心を浮遊させて（コアラの無垢な表情を真似る抒情少女
「墓の下を走っているの？」
近代よりも暗い道で（単調で粗暴でがさつな見栄えのしない文章を愛でます
さっきまで呼ばれていた名前も僕らの中で消えかけている（単純な悲しみよ
「商品」としての涙に共感をペーストする（虚構船の担い手たちに手を振る
地面に顔を表示する仲間たちが火曜日になったら戦争に行くのを見届けては

気狂いの死者たちの「歌」を疑うことなく録音し続けていた（修辞のゾンビ
折れた首の先端で言語として笑った魍魎が処刑される（近代詩耕助の登場！
「人間としてダメになりそうじゃないか」
朝にはもう誰もいなくなって（広場には孤独だけがしっかりと残されている
価値のないものを「文」として守る時代は既に滅んでいて（誰もが詩人です
「ある時」において韻文は全滅した（記憶喪失の猫たちが死んだふりをする
眠りについて何も知らない鳥は眠って（ある星の消滅についての戯曲を読む
感受性の祝祭が全てしょうもない石ころになった世紀に（配列だけを求める
僕は「世界」の果てで街角の詩情《ポエジー》を万引きしながらささやかに生きる犬です
冗談だけが脳の片隅に残って（恥ずかしさが遠くにあればいい（それでいい
もうみんな詩なんてやめればいい（何かを昂揚するための愚行は終わらない

詩の不自由展　その後

ある日のことである
友人と「詩の不自由展」という展覧会に行くことになった
私は既に死んでいたので
詩が自由だろうが不自由だろうがどちらでもよかった
そういうことを考えるのは生きているひとの役目だ

会場の建物は

丘の上に
巨大な「塔」として聳えており
血まみれの九官鳥が
入口に横たわっているのが見えた

受付には猫が三匹いた
「入場券一枚ください」

「いえ、二枚でしょう。死んだ方も入場料は払っていただかないと」

「そうなんですか」

「死者割で少しお安くなっていますのでご安心ください」

最初に入った部屋には以下のような展示があった
「詩だけが人生ではありません」
確かに「詩」がなくても生きていられるし
死んだ私にとってもそれは特に必要がない
至極当然のことである

次に入った部屋には無数の山羊たちがいた
ムシャムシャと何かを食べている
よく見ると「詩集」を食べている
友人のものもそこに含まれていた
鑑賞者への配慮は表現に必要ないのだろう

三番目の部屋は天国のような空間が広がっていた
ジョン・レノンとオノ・ヨーコに似たカップルが
大きな白いベッドの上でセックスらしい行為をしている
女の乳首の先に「読んで」というちいさな文字が見えた
肉体との結びつきが「詩を読む」ということだったのか

四番目の部屋には詩人が展示されていた
詩人は時々奇声を発してからだを痙攣させて
にっこりと笑って「お嬢さん、どうぞこちらへ」と言った

よく見ると文字があまりにすきとおり過ぎていて
何が書かれているのかはまったく分からなかった

五番目の部屋には出版社の担当が詩集の販売を行っていた
値段がついていなかったので理由を尋ねると
「詩を売る」という行為そのものの展示ということだった
つまらない詩に値段をつけることが嫌で死ぬこともあるらしい
学芸員の猫が詩集でつめとぎをはじめた

六番目の部屋は宇宙とつながっていた
呼吸が苦しくなったので猫に尋ねると
爺さん（詩人？）が酸素マスクを貸し出してくれた
ここで宇宙を体験できるとは思っていなかったので
友人はこれまでの展示室と比較して楽しんでいる様子だった

七番目の部屋は映像を映し出す部屋になっていた

映像の猫たちが漫談をしていた
にゃあにゃあ
にゃあにゃあ
「ここが気に入られた方には命と引き換えに永遠を付与いたします」
最後の部屋には「完全な虚無」が展示されていた
私も
友人も
すがたかたちをうしなって自由にはなれたのだが
ここからの記述はもはやできなくなってしまった

詩後《しご》（2014–2022）

著　者　松本秀文《まつもとひでふみ》
発行者　小田久郎
発行所　株式会社思潮社
一六二－〇八四二　東京都新宿区市谷砂土原町三－一五
電　話　〇三－三二六七－八一五三（営業）八一四一（編集）
ＦＡＸ　〇三－三二六七－八一四二
印刷・製本　創栄図書印刷株式会社
発行日　二〇二二年七月三十一日